Les 50 mystères d'une femme

Du même auteur

Je change de fréquence, Éditions Option Santé, Québec,2011.
« Le cœur d'Amma », nouvelle dans *Les amoureux de l'Inde*, recueil collectif, Éditions Brumerge, 2011.

Coup de foudre, recueil de poèmes, coédition Option Santé et Avant-Propos, 2012.

Poèmes pour nos lendemains, recueil collectif, Éditions Novelas, 2012.

Elle et Lui, en raisonnance, recueil de poèmes, Éditions Novelas, 2013.

« À la recherche d'un Nadi », nouvelle dans *Les mots en héritage*, recueil collectif, Éditions Novelas, 2013.

Les Quatre Saisons, pièce de théâtre en cours d'écriture.

© Avant-Propos
Maison d'édition
Avenue de Diane, 5
B-1410 Waterloo
info@avantpropos.eu

Coordinateur du projet
La maison d'édition représentée par
Hervé Gérard et Anne Delandmeter

Conception graphique et mise en page
Martine d'Andrimont - ARTifice concept
info@artifice-concept.be, Louvain-la-Neuve

Illustration :
© Alexis Dourdine

ISBN 978-2-930627-79-3
Dépôt légal D/2014/12.416/1

Imprimé en Pologne chez TOTEM

Murielle Lona

Les 50 mystères d'une femme

avant-propos

Table des matières

1

Un homme et une femme

Un homme et une femme
Rien de plus banal
Sept milliards de gens sur Terre
Tellement de solitude amère.

Une femme et un homme
Beaucoup d'entre eux ont mal
Pourquoi autant de cœurs fermés
Et de destins brisés, déchirés ?

Un homme et une femme
Ignorant les tabous
Deux corps affamés
Deux cœurs vont s'aimer.

Une femme et un homme
Leur sensualité exprimée
Dans l'union sacrée
De leurs caresses osées.

Un homme et une femme
Quelque part ont rendez-vous
Des regards échangés
Dans le silence des mots passionnés.

Une femme et un homme
Un homme et une femme
Une histoire hors du temps
La nôtre pour très longtemps.

2

Désirs virtuels

Artifice ou explosion de couleurs
Dans une lente dérive charnelle
Mélange de soupirs et mariage d'odeurs
Exacerbés par nos désirs virtuels.

Tes yeux deviennent toute mon ivresse
C'est mon image que tes doigts caressent
Je perds la tête au cœur de ce tourbillon
Qui m'emmène au-delà de la raison.

Hypnotisée par toi, je quitte la Terre
Voyage à la recherche de nouvelles sensations
Le mystère est au bout de cet univers
Là où jaillit la pureté de mes émotions.

Je vis un moment voluptueux et irréel
Ma sensualité me transforme, me rend belle
Et toi, dans les murmures étouffés du silence
Pourras-tu entendre cette femme en espérance ?

3

Une silencieuse révolte

Et je dis à toutes mes sœurs
Qui pleurent au fond de leur cœur
Leurs rêves éclatés, déchirés
Leur liberté assassinée.

Je leur dis que leurs prières
Prennent forme au contact de la lumière
Toutes leurs larmes coulent dans les mers
Avant de mourir, viennent nourrir les terres.

J'aimerais qu'elles retrouvent le courage
Car nous sommes si nombreuses
À fouler, de nos pieds usés, le chemin
Fortifiées par l'immensité de notre chagrin.

C'est en marchant sur le sol
Dans le silence de la révolte
Que j'ai décidé de défendre nos droits
Aujourd'hui, j'ai retrouvé ma voix
Je l'utiliserai dans la douceur
Pour réconforter l'âme de mes sœurs.

4

Il me promet

Mon cœur me promet la lumière
Mais il est entouré de brouillard
Dissimulé sous un rideau d'espoirs
Il reste insensible à mes prières.

Mon corps me promet la tendresse
Mais il ne répond plus, paralysé
Il attend simplement d'être réchauffé
Par toi et ta couverture de caresses.

Mon avenir me promet des éclats de rire
Mais il tarde aujourd'hui à m'exaucer
Alors j'avance sur ce sentier égaré
Prélude forcé à l'éveil de mes désirs.

5

Le temps

J'ai couru après le temps
Le temps qui passe
Et qui, un jour, s'efface
Sans laisser de traces.

J'ai couru après le temps
Sans jamais le rattraper
Et pendant toutes ces années
Je me suis oubliée.

6

Ton âme d'enfant

La vie t'a déjà enlevé
Ta belle et tendre innocence
Tous tes parfums de l'espérance
Ta quête absolue de liberté.

Dérobant et emmenant à ton insu
Ta naïveté d'enfant, ta spontanéité
Dans la prison dorée de la réalité
Là où tes rêves, tes idéaux sont tus.

Tu grandis à toute vitesse
Malgré moi, tu me blesses
Voir tes yeux troublés par les soucis
Ton visage assombri par l'ennui.

Je suis venue te dire
Qu'il faut garder le sourire
Ne jamais perdre espoir
Pour cela, il suffit d'y croire.

À toi aujourd'hui de te réconcilier
Avec ton âme d'enfant que tu as négligée
À toi d'ouvrir la porte de tes profonds désirs
Qui dessineront et créeront ton propre avenir.

7

Océans

Je traverse les océans de lumière
Qui, un jour, me mèneront vers toi
Fuyant les dangers, je franchis les frontières
Juste guidée par les sons mélodieux de ta voix.

Je remonte le cours des rivières sauvages
Mon visage offert à ces perles d'eau
Tel un rituel, un rite de passage
Qui me déshabille de tous mes maux.

Je m'en vais, je pars, je quitte les terres
Je renais pure et nue au large des mers
Transportée par les vagues du temps
Et c'est là où, patiemment, je t'attends.

8

J'ai mal

J'ai mal de la misère
Qui assèche les cœurs
Le manque de compassion
L'excès de possessions.

J'ai mal de la souffrance
Qui se marque sur les visages
En l'absence d'espoir
En présence du noir.

J'ai mal de la violence
Qui s'attaque aux plus faibles
Les mots gratuits et assassins
Les actes calculés et malsains.

J'ai mal des guerres
Des femmes violées, des enfants torturés
Des familles déchirées, des rêves éclatés
Des espérances avortées, des vies brisées.

J'ai mal de moi
Moi qui ris et chante
Moi qui vis et danse
Et j'ai terriblement mal
D'être celle-là.

9

Être embrassée

Mouvements saccadés et sacrés
Dans un rythme soutenu et balancé
Sons mélodieux et mystérieux
Consécration des déesses et des dieux.

Son esprit s'évade, son corps se libère
Balade imaginaire entre ciel et terre
Danse féérique, danse cosmique
Invitation à un voyage érotique.

Endormie, protégée par le soleil
Léthargie, prélude à son réveil
Glace qui se rompt sous la chaleur du volcan
Naissance d'une femme aux désirs flamboyants.

Et toi, sous le feu de l'action
Tu demeures dans la contemplation
Tu n'oses pas bouger, ni même respirer
Alors qu'elle aimerait juste être embrassée.

10

La main de mon enfant

Je prends la main de mon enfant
Je sens dans ses petits doigts crispés
Ses terreurs et ses frayeurs cachées
L'empêchant de devenir grand.

Il a perdu toute confiance
En ce monde affamé de puissance
Dans ses yeux brillant d'innocence
Je vois aujourd'hui la souffrance.

Son regard m'appelle et m'implore
Comme s'il était face à la mort
Son cœur bat à toute vitesse
Exprimant la force de sa détresse.

Je lui fredonne une douce mélodie
La musique l'apaise, adoucit sa vie
Je ne craindrai plus jamais les lendemains
Mon enfant me tend enfin sa petite main.

11

S'arrêter un instant

S'arrêter un instant
Dans le moment présent
Sans idées, sans pensées
Juste souffler, respirer.

Écouter la voix du silence
Sentir cette chaude présence
Lui donner la possibilité
De parler, de s'exprimer.

Paradoxe du néant
Paradoxe de cet appel troublant
Une invitation à chercher
La clef ouvrant le monde de la paix.

Être irradiée, être touchée
Par cette partie enfouie, cachée
Retourner dans l'univers de son enfance
Se nourrissant encore d'espérances.

Arrêter le temps
Retrouver cet enfant
Remonter le temps
Être dans le moment présent
Avec son âme d'enfant.

12

La motivation

La motivation
C'est la petite flamme
Qui brille au cœur de notre âme
Elle nous guide, aujourd'hui et demain
Sur le chemin agité de notre destin.

La motivation
C'est cette force spectaculaire
Qui nous pousse à nous lever
Elle nous invite à dessiner et à créer
Un univers sortant de l'ordinaire.

La motivation
C'est cette folle envie
De colorer notre vie
En nous projetant dans l'avenir
De franchir les obstacles et grandir.

La motivation
C'est la voix de la sagesse
Qui connait nos forces et faiblesses
Elle nous souffle de nous engager
Et surtout de bouger, d'y aller.

La motivation
C'est appréhender l'inconnu
Même en sentant la peur
C'est aussi se mettre à nu
En ouvrant notre cœur.

La motivation
C'est surtout se donner
La permission, la liberté
D'être, à tout jamais, celui ou celle
Qui vit ses rêves dans le monde réel.

13

Le plus beau mot

Le plus beau mot
Qui se devine
Sur tes lèvres affamées.

Le plus beau mot
Qui caresse
Les larmes sur mon visage.

Le plus beau mot
Qui illumine
La tristesse de mon cœur.

Le plus beau mot
Qui s'envole
Dans le ciel amoureux.

C'est mon prénom
Que tu murmures
Avec douceur
Dans la chaleur
De notre passion.

14

Envol

Je lui ai demandé
De ne pas rester cloué au sol
De prendre son envol
Pour de lointaines contrées.

Il m'a dévisagée
Son regard m'a transpercée
Aurait-il deviné
Le secret de mes pensées ?

C'est lui qui a enfanté
Les tourments blessant mon cœur
C'est lui qui a édifié
Cette fontaine de douleurs.

Et je l'ai imploré
De me libérer de mes peurs
Et je l'ai supplié
De me rendre la clef du bonheur.

Pour reconquérir celle
La belle âme que j'étais avant
Avant de me brûler les ailes
Avec lui que j'aimais tant.

S'il pouvait s'éloigner de moi
Je retrouverais la foi
Je m'évaderais de la prison dorée
Dans laquelle je me suis jetée.

15

Rideau

C'est dans le temple de ma souffrance
Que se fait ressentir ta douce présence
Parfumée aux essences de ton absence
Dissimulée sous un manteau d'indifférence.

C'est sur la scène de mon existence
Que je perçois ta chaude présence
Chassant avec force les fantômes de la haine
Elle efface avec tendresse toutes mes peines.

C'est en jouant le rôle de ma vie
Que j'ai donné naissance à mes envies
Et toi, sous la chaleur des projecteurs
Te transformeras-tu en acteur ?

Un tonnerre d'applaudissements
Salue deux étoiles au firmament
Le rideau se lèvera un jour
Sur la scène magique de notre amour.

16

J'ai faim, j'ai soif

J'ai faim de ta chaleur
J'ai soif de ton odeur
Sans toi, doucement, je meurs
Je n'entends plus battre mon cœur.

Et je n'ai pas osé
Je n'ai pas su exprimer
La saveur de mes émotions
La profondeur de ma passion.

J'ai faim de ton regard
J'ai soif de ton savoir
Maintenant, c'est toi qui pars
Et moi qui cesse d'y croire.

Et je n'ai pas osé
Relever la tête et t'embrasser
Affronter la violence de l'orage
Faire preuve d'un peu de courage.

J'ai faim de ton désir
J'ai soif de ton sourire
Sans toi, je ne suis que paresse
Je survis avec, comme amie, la tristesse.

17

Je voudrais

Je voudrais être une rivière de tendresse
Tu te baignerais dans le mystère de mes eaux
Je coulerais à flots sur chaque parcelle de ta peau
Effaçant une à une les marques de ta tristesse.

Je voudrais être un fleuve de promesses
Tu me suivrais jusqu'à sa source cachée
Pour y découvrir mes secrets rêvés
Et goûter à la sensualité de mes caresses.

Je voudrais être une mer de baisers
Dans un tourbillon, te surprendre, t'emporter
Te sauver, te réchauffer et t'enlacer
Dans le cœur de mes vagues amusées.

18

C'est la vie

C'est la vie
Qui aujourd'hui me réveille
Me libère de cette léthargie-sommeil
Me redonne le goût onctueux de l'envie.

Je quitte la gravité de la Terre
Pour m'évader dans la légèreté des mers
Emportée par ces vagues ivres de caresses
Emmenée par ces flots porteurs de tendresse.

Ce sont tous ces signes
Qui désormais m'illuminent
Ils se cachaient dans un autre univers
Jusqu'à ce qu'ils répondent à mes prières.

Ce sont tous ces signes
Qui se trouvent sur mon chemin
Ces signes écrits à l'encre de Chine
Se dévoilent sur ma feuille de parchemin.

C'est la vie
Elle vient en douceur bénir
Mes tendres folies, mes pures envies
Guidée par cet astre scintillant
Parsemé de ses beaux diamants
Aux couleurs de mon nouvel avenir.

19

Le pays de la liberté

Tu sais que nous sommes en communion
Même histoire, mêmes espoirs rêvés
Mais tu t'accroches encore à ton passé
Ce passé, ton film et toutes tes illusions.

Tu n'as pas encore compris
Qu'elle et toi, c'est déjà fini
Tu devras tourner la page
Comme moi, partir en voyage.

À la recherche de celui
Cet homme qui, aujourd'hui
Vit et vibre, enfoui en toi
Et toi, tu ne lui permets pas.

De s'échapper, de s'évader
Tout simplement de s'exprimer
Il sommeille, emprisonné
Enfermé et bâillonné.

Laisse-moi te tendre la main
Je voudrais t'ouvrir le chemin
Je te conduirai au pays de la liberté
Pas à pas, sans rien te demander.

20

On peut

On peut se dire « au revoir »
Ne plus jamais se revoir
Lutter contre nos sentiments
Qui fragilisent tous nos sens.

On peut choisir la raison
Ignorer, nier la voix de l'intuition
Décider de ne pas vivre nos passions
Éteindre la flamme de nos émotions.

On peut avancer dans l'obscurité
S'habituer à l'absence de clarté
S'habiller de vêtements sombres
Pour devenir juste une ombre.

Mais on peut aussi vibrer à la folie
Répondre à l'appel de la vie
Mais on peut aussi oser
Oser aimer et être aimé.

21

La femme mystère

Égarée dans ce labyrinthe inconnu
Perte absolue de repères
Je quitte pour un moment la Terre
Désir sublime de me mettre à nu.

Retrouver celle que j'ai été
Une heure, un jour dans le passé
La femme mystère qui sommeille en moi
La femme qui guide chacun de mes pas.

Partir à la recherche d'un fantôme sans âge
Lui demander s'il connaît tous mes secrets
Au premier regard, reconnaître ce visage
Un phare éclairant le brouillard de mes pensées.

Un jour, partir à la recherche de mon âme
Elle me confiera qu'elle a vécu toutes mes vies
Me libérer de mes peurs, me nourrir de sa flamme
Pour redevenir cette femme brûlant d'envies.

22

Si j'étais

Si j'étais elle
Je laisserais vagabonder mes idées
En aspergeant mes douces pensées
D'un parfum aux essences-courage
Non, je ne serais plus si sage.

Si j'étais lui
Je me laisserais simplement
Tenter par ce regard envoûtant
Par cette inconnue qui me dévisage
Une séductrice aux allures sauvages.

Si j'étais elle
Je réchaufferais mes nuits trop brèves
Avec juste une pointe d'érotisme
Avec juste un soupçon d'exotisme
Et je viendrais hanter ses rêves.

Si j'étais lui
J'inviterais ce troublant personnage
À me montrer la beauté de son visage
Je le couvrirais de mes baisers
Jusqu'à ce qu'il devienne ma réalité.

23

Quelques mots

Quelques mots
Jetés au cachot
Pleurent et meurent
Bâillonnés par ton cœur.

J'entends leurs murmures étouffés
Je vois leurs plaintes s'élever
La nuit dans le ciel étoilé.

Ces mots torturés mais muets
Forts de leurs secrets
Rêvent encore de liberté.

Moi qui ne suis presque rien
Moi qui ne veux que ton bien
Je viendrai les libérer
Je viendrai te libérer.

24

Si j'étais le temps

Si j'étais le temps
Je souhaiterais m'arrêter
Juste un moment
Le graver pour l'éternité.

Vibrer au son de ta respiration
Être là, sans aucune pensée
M'abandonner à mes passions
Aimer la pureté de ton intimité.

Si j'étais le temps
Je voudrais revenir sur mes pas
Juste avant le commencement
Avant toi, avant toi et moi.

Vivre pour la première fois
La flamme illuminant ton regard
Admirer la beauté de nos émois
Sans imaginer la fin d'une histoire.

Si j'étais le temps
Je défierais les écrits du destin
En nous réunissant
Sur ce même et long chemin.

25

Ton cœur d'homme

Une histoire défile dans tes yeux
Tes yeux qui révèlent tout sur toi
Je devine tes moments malheureux
Ceux que tu ne dévoileras pas.

Sais-tu seulement que je vois
Ton cœur d'homme pleurant dans le noir
Ta peur de t'abandonner à moi
Pour donner une chance à notre histoire ?

Sais-tu seulement que je vois
Toutes les barrières fermées
Toutes les pistes brouillées
Qui pourraient me mener vers toi ?

Je sais qu'il y aura un avenir
Le jour où tu accepteras de t'ouvrir
Mes pieds avancent sur ce chemin rocailleux
Allant à la rencontre de nous deux.

26

Mon fils

Il aura fallu des hivers et des étés
Des larmes et des regards évités
Des bras rejetés
Pour que ma prière soit exaucée.

Et un matin
Tu m'as tendu ta petite main
Ton âme, doucement, a murmuré
Que tu osais enfin m'aimer.

27

Un cœur amoureux

Je communie avec le Soleil
Astre qui, ce matin, réveille
La chaleur de mon corps
Oublié et négligé à tort.

Je murmure à la Lune
Qu'il n'y en a qu'une
Elle voudrait être ensorcelée
Par un long baiser passionné.

Je contemple les étoiles
Qui dansent sur la toile
Scintillantes, éclatantes, vibrantes
De ma sensualité sommeillante.

Je m'envole dans les nuages
Qui m'entraînent dans leur sillage
Je ne suis plus qu'un cœur
Parfumé aux essences de l'ardeur.

Un cœur amoureux qui se posera
Sur toi qui, quelque part, m'attendras
Toi qui voudras m'éblouir et me séduire
Et rempliras ma vie de tes éclats de rire.

28

Un poids mort

Debout devant son miroir
Elle s'observe et broie du noir
Elle pose ses mains sur son corps
Une prison dorée, un poids mort.

C'est en se nourrissant de ses peurs
En tentant de panser ses maux
Qu'elle a fait le grand saut
À la quête de son bonheur.

Elle rêve d'un monde meilleur
Loin des famines et des guerres
Elle s'est créé un nouvel univers
Très loin d'ici, ailleurs.

Son âme hurle sa faim, sa soif d'idéal
Son impuissance face à la misère
Elle souhaite la paix sur cette Terre
Et son corps a terriblement mal.

Elle s'enfuit et maigrit
Se détachant de ces choses matérielles
Elle se suicide petit à petit
Ses yeux implorant, suppliant le ciel.

Son âme pleure et pleure
Le chagrin asphyxie son cœur
Son âme a choisi de partir
Elle sent que son corps va mourir.

Alors que son souffle l'emmène là-bas
Qu'elle ne s'y attendait pas
Une caresse tendre, brûlant d'Amour
Lui donne la force de vivre pour toujours.

29

Effervescence

Je te devine et j'imagine
La séduction qui se dessine
Sur les traits de ton visage
Et moi, je voudrais
Simplement te toucher
Découvrir ta sensualité.

Sentir sous mes doigts
Ton corps qui frémit
L'électricité qui t'envahit
Les ondes qui te submergent
Ce courant qui nous unit.

Voir dans tes yeux
Tes envies qui sommeillent
Ton désir qui se réveille
Refoulé depuis trop longtemps
Il n'attend qu'à être rallumé.

Être rallumé
Par des mots osés
Et des gestes langoureux
Par des regards déplacés
Et des baisers fougueux.

Je panserai
Le moindre de tes maux
Avec douceur
Je caresserai
Chaque parcelle de ta peau
Avec ardeur.

Et puis, je disparaîtrai
Dans l'essence de mon parfum
Dans l'effervescence de ma réalité
Et puis, je disparaîtrai
Je retournerai là d'où je viens
Moi, le fantasme de tes pensées.

30

Une âme en voyage

Grâce à toi, j'ai enfin compris
Je sais pourquoi je m'enfuis
Évasion dans un monde imaginaire
Lieu magique, loin de cette Terre.

Je ne suis qu'une âme en voyage
Juste une voix et une âme
Cachées dans le corps d'une femme
Elle si indomptable, si libre, si sauvage.

Je vis sans liens ni attaches apparentes
Dans un artifice de couleurs éblouissantes
Je me réfugie dans cette douceur attirante
Qui me libère de mes émotions envahissantes.

Et c'est au milieu de ce ciel azur
Que je me sens de nouveau pure
Invitée par les étoiles à me déshabiller
À coiffer mes pensées de légèreté.

Et c'est au milieu de ce ciel étoilé
Que je me sens en sécurité
Invitée par mes sœurs à chanter
Un hymne qui loue la liberté.

Je ne suis qu'une âme en voyage
Juste des yeux et une âme
Qui touchent le cœur des femmes
Et les incitent à sortir de leur cage.

31

Voyages entre là-bas et ici

Promenade en solitaire
Balade nocturne imaginaire
Sur la plage sablée de mon avenir
Que je voudrais lire et prédire.

Je questionne mon énigmatique futur
Créé et redessiné chaque nuit
Un plongeon dans les vagues de l'aventure
Une chute libre dans un monde infini.

Voyages entre là-bas et ici
À la recherche de sensations
Aller-retour entre tous ces pays
Pour échapper à ma douce prison.

Captive dans une tour fragile et puissante
Enfermée dans ce donjon, prisonnière
Je me sens décidée et combattante
Je m'imagine libérée et guerrière.

Si ma vie n'était qu'un pèlerinage
Entre les rêves et la réalité
Si je n'étais que de passage
J'aimerais tant te rencontrer.

32

Fanées

Tous ces regards posés sur moi
Regards empreints de détresse
Aux couleurs-tristesse
Parfum aux essences-regrets
Rêves avortés de souhaits.

Je lis au fond de leurs yeux
Les maux de leurs souvenirs douloureux
Cette douleur qui ravage les cœurs
Leurs battements s'essoufflent, s'effacent
C'est l'indifférence qui prend place.

Je découvre, dans leurs regards, une âme
L'âme meurtrie de toutes ces femmes
Toutes celles lasses de lutter
Toutes celles qui se sont fanées
Par manque d'amour, par manque d'espoir.

Et moi qui ne suis rien
Je perçois, je vois
Et moi qui ne peux rien
J'entends, je sens.

Les appels étouffés
La colère retenue
La misère cachée
Les silences hurlés.

De ces femmes condamnées
À vivre un destin sans issue
De ces femmes condamnées
À errer dans leur passé.

33

Sur le chemin de ta liberté

Toi qui es un peu de moi
Mais qui ne seras jamais moi
Tu m'as offert un cadeau précieux
Ton premier regard plongé dans mes yeux.

Moi qui t'aime à l'infini
Avant même tes premiers cris
Moi qui suis prête à sacrifier ma vie
Pour que la tienne soit accomplie.

Toi et moi, main dans la main
Sur ce même chemin
Celui qui nous mène à nos lendemains
Le chemin sacré de notre destin.

Sache que je te laisserai partir
À la conquête de ton avenir
Je t'aiderai à t'envoler
À apprécier ta douce liberté.

Même quand je ne serai plus là
Je veillerai toujours sur toi
En guidant chacun de tes pas
Sur le chemin sacré de ta liberté.

34

Les femmes qui pleurent

Les femmes qui pleurent
Cachent au fond de leur âme
Leurs chagrins et leurs douleurs
Leurs pensées teintées de noirceur.

Ces femmes prennent soin de leur cœur
En le purifiant de toutes ses peurs
Elles le bénissent, le parent de couleurs
Et le parfument de douces senteurs.

Les femmes qui pleurent
Rallument leur petite flamme
Toutes leurs larmes meurent
Dès qu'elles rêvent de bonheur.

35

L'homme lumière

Il y a des jours
Où tu es en manque d'amour
Tu sens ton intense douleur
Emprisonner les parois de ton cœur.

Il y a des soirs
Où tu t'abandonnes au désespoir
Tu crois que cette solitude
Deviendras une triste habitude.

Il y a des nuits
Où plus rien ne luit
Tu ne vois que l'obscurité
Assombrir toutes tes pensées.

Mais il y a aussi ces instants
Où tu sais qu'il t'entend
Tu te réveilles de ce long sommeil
Réchauffée par un rayon de soleil.

Tu distingues dans la pénombre
Quelqu'un qui sort de l'ombre
Il répond à tes longues prières
Celui qui te cherchait, l'homme lumière.

36

Je me sens vivre

Je sens l'eau qui glisse avec douceur sur ma peau
Je sens le sang qui coule dans mes veines affamées
Je sens l'air qui voyage dans mes poumons dilatés
Je sens la terre, sous mes pieds, qui m'empêche de
m'envoler.

J'entends le son des mots qui me parlent de toi
Je les vois naître et s'habiller devant mon regard troublé
J'entends les murmures de tous mes sentiments cachés
Je vois les émotions prendre possession de mes pensées.

Je touche la peau douce et satinée de ton visage
Je goûte le parfum enivrant de tes lèvres tentantes
Je touche ton corps qui fait tellement de ravages
Je goûte, une par une, tes caresses osées et excitantes.

Je me sens vivre
Au plus profond de mon âme
Je me sens vivre
Être une femme.

Je me sens vivre
Dans ces heures de liberté
Je me sens vivre
Être désirée et aimée.

37

Je pars

Je pars pour une destination inconnue
Quittant, abandonnant celle que j'ai été
Juste marcher, avancer à vive allure
Emportée par la voix sacrée de la liberté.

Je pars sans regrets ni remords
En gardant les marques de son corps
La contempler une dernière fois et l'oublier
Décidée à ne plus jamais la rencontrer.

Je pars sans même savoir où je vais
Caressant l'espoir de jours vérité-sérénité
Souvenirs gravés de la sagesse de ses conseils
Appelée à renaître, à sortir de mon sommeil.

Je pars sillonner le monde mystérieux de mon âme
Me cramponnant à la belle lumière qui m'éclaire
Suivre les traces de cette nouvelle femme
Allégée, mes pieds nus foulant la chaleur de la terre.

Je pars, animée par l'envie et la volonté de te trouver
Par hasard, quelque part, sur le bord de mon chemin
M'arrêter et plonger mes yeux dans ton intimité
Ressuscitée par la magie secrète de notre destin.

38

N'être

N'être qu'une pensée
Mystérieuse, exotique
Et presqu'irréelle.

N'être qu'une peinture
Calme mais flamboyante
Qui se dessine en toi.

N'être qu'une chanson
Mélodie dans ton esprit
Symphonie de tendresse.

Être une passion
Déclinée à l'infini
Être ta passion
Ta source de vibrations.

39

On reste ensemble

On reste ensemble
D'abord par amour
Cet amour pour toujours
Et puis, on reste ensemble
Par habitude, par lassitude
Ou par peur de la solitude.

On reste ensemble
Même s'il n'y a plus rien
Que des baisers au goût chagrin
On reste ensemble
Crainte que l'un de nous deux
Ne songe aux adieux.

Je sens que tu t'envoles
Ou est-ce moi qui prends mon envol
Un voyage vers l'inconnu
Au milieu d'un paradis perdu.

Image lointaine de deux corps
Qui se sont aimés encore et encore
Caressés, touchés, enflammés
Vision floue de deux cœurs enlacés
Dans la tendresse de l'éternité.

La vie suivra son cours tracé
Toi, tu panseras tes blessures
Moi, je soignerai mon âme fatiguée
Mon âme à tout jamais marquée
Par l'empreinte d'une déchirure cachée.

Je sais que tout disparaîtra
Même les souvenirs de notre passion
Alors, seulement, ce jour-là
Je redeviendrai sensations
Prête à vibrer pour celui qui viendra.

40

Paraître

Être dans le paraître
Vivre en faisant semblant
Se dissimuler constamment
Derrière quelqu'un d'autre.

Être victime d'une coupure
Ou l'acteur de cette déchirure
Ignorer la voix de son âme
L'étouffer et éteindre la flamme.

Avancer dans le quotidien
Tout sentiment réduit à rien
Se déconnecter de ses émotions
Assassiner ses belles passions.

Aimer pour les apparences
Ne pas chercher à connaître
Briller dans l'ignorance
Rester toujours le maître.

Un jour se réveiller
Sortir de cette obscurité
Accueillir la sérénité
S'accueillir et s'aimer.

41

Juste envie

Juste envie de sentir
Toutes les parcelles de ton corps se réchauffer
Sous les murmures étouffés de mes désirs
Éveillés par tes regards éclairés.

Juste envie de m'évader
Dans le tunnel de tes frissons
Découverts en dévorant tes baisers passionnés
Sensation de m'ouvrir à un nouvel horizon.

Juste envie de te donner rendez-vous
Dans ce coin perdu de paradis
Coin perdu où il n'y aura que nous
Pour réaliser nos rêves les plus fous.

Juste cette terrible envie
De nous voir tous les deux vibrer
Au rythme effréné de nos vies
Régies par les lois sacrées de la sensualité.

Juste une envie légitime
De dépasser mon monde imaginaire
Donner une âme à mes pensées intimes
Vivre en harmonie, avec toi, sur cette Terre.

42

Peux-tu

Peux-tu encore te rappeler
Cette nuit où, pour la première fois, tu m'as désirée
Avec tes yeux qui me dévoraient tellement
Tes yeux qui me murmuraient tout le temps
Que tu me trouvais terriblement belle.

Peux-tu encore te souvenir
De tes mains chaudes caressant mes sourires
De tes mots mystérieux qui s'envolaient vers moi
Tes mots qui me faisaient frémir, frissonner de joie
À la façon sensuelle dont tu les prononçais, toi.

Peux-tu encore t'imaginer
Nos corps exaltés dansant dans l'obscurité
Sur une musique érotique que nous deux connaissions
Une musique prélude à nos sauvages effusions
Accompagnant l'abandon suprême de nos passions.

Peux-tu encore rêver
À nous, toi et moi, dans nos moments déchaînés
Sais-tu que notre histoire d'amour en pointillés
A laissé trop de traces dans mon cœur blessé
Et que tu es le seul qui saches comment les effacer.

43

Plus de

Plus de regret ni de souhait
Plus de haine ni d'amour
Plus de guerre ni de paix
Plus de jamais ni de toujours.

Plus de silence ni de bruit
Plus de présence ni d'absence
Plus de jour ni de nuit
Plus de passion ni d'abstinence.

Plus de bonjour ni d'au revoir
Plus de paresse ni de caresse
Plus d'ignorance ni de savoir
Plus de frein ni de vitesse.

Plus d'été ni d'hiver
Plus d'avenir ni de passé
Plus de ciel ni de Terre
Plus de rêve ni de réalité.

Plus de mal ni de bien
Plus rien.

Et puis la magie du destin
Naissant de nos regards
Échangés sur ce chemin
Emprunté par hasard.

Et puis la magie de la vie
Alors qu'on ne cherche pas
La résurrection de mes envies
Mon rendez-vous avec toi.

44

Qu'est-ce qui m'empêche ?

Qu'est-ce qui t'empêche
De me sourire
Et de t'ouvrir
De m'approcher
Et de m'aborder ?

Qu'est-ce qui t'empêche
De quitter ta place
Et de laisser tomber le masque
De faire confiance au destin
Et de t'arrêter sur ton chemin ?

Qu'est-ce qui m'empêche
De te découvrir
Et de te séduire
De me montrer femme
Et de déclarer ma flamme ?

Qu'est-ce qui m'empêche
De te serrer dans mes bras
Et de suivre ton pas
D'être juste là
Et de croire en toi ?

45

Seras-tu là ?

Seras-tu là
Le jour où je quitterai tout
Pour te chercher partout
Je traverserai les continents qui nous séparent
Sachant qu'il y a toi qui m'attends quelque part.

Seras-tu là
Le jour où je déciderai enfin
De me mettre en chemin
J'affronterai les tempêtes qui me terrifient
Habitée par cet espoir qui me maintient en vie.

Seras-tu là
Le jour où nos destins se croiseront
Et nos visages émerveillés s'illumineront
Le jour où nos sourires se répondront
Et nos cœurs foudroyés se caresseront.

Seras-tu là
Le jour où mon regard s'éteindra
Et mon souffle s'affaiblira.

Seras-tu là
Le jour où ma source se tarira
Et mon âme m'abandonnera.

Mais avant de partir
La tête remplie de tous ces souvenirs
Mais avant de partir
J'aimerais entendre dans un soupir.

Tous ces mots, ces mots qui s'évaporent
Que j'emporterai avec moi dans la mort
Tous ces mots, ces mots qui me feront rêver
Car je saurai que tu m'as vraiment aimée.

46

Solitude

Doit-on vivre dans la solitude
Et en faire une triste habitude
Serait-ce le prix à payer
De l'appel de la liberté ?

Doit-on vivre dans l'abstinence
De tous ces moments de tendresse
Avec un corps anesthésié
De tout souvenir de caresses ?

Doit-on accepter comme une fatalité
Ce vide de sentiment amoureux
Que l'on tente en vain de combler
En s'inventant un univers audacieux ?

Oser prendre les devants
En se sachant attirante
Aller de l'avant
En se rendant entreprenante.

Donner rendez-vous à l'inconnu
Sans rien attendre ni espérer
Mesurer tout ce chemin parcouru
Marcher sans jamais se retourner.

Tout au long de ce parcours
S'ouvrir aux signes du hasard
Être prête à accueillir l'amour
Avec toi qui m'attends quelque part.

47

Souvenirs d'une nuit

Souvenirs de notre seule et unique nuit
Tatoués à tout jamais dans mon esprit
Nos lèvres qui se touchent et s'entrouvrent
Nos yeux qui se contemplent et brillent de désir
Nos corps qui se cherchent et se découvrent
Nos voix qui se mêlent et hurlent de plaisir.

Ticket aller pour quelques heures de pure folie
Dans le monde troublant et enivrant de ta galaxie.

Souvenirs de notre seule et unique nuit
Un voyage au cœur de l'univers infini
Rencontre bien au-delà des sensations connues
Guidée par la recherche de nos délires allumés
Rencontre mystérieuse sous le signe de l'inattendu
Marquée par le vécu de nos fantasmes avoués.

Ticket aller pour une perte de conscience
Égarement dans le labyrinthe de l'indécence.

Souvenirs de notre seule et unique nuit
À l'exploration d'un invisible déjà séduit
En état d'amnésie consentie et permanente
À la conquête d'émotions ensorcelantes
Envoûtés par la magie de la vie vibrante
Hypnotisés par nos excitations brûlantes.

Ticket retour pour une prise de conscience
Imprégnée de la trace de cette ultime jouissance
Ticket retour sur cette Terre en mal d'expressions
En attente du prochain voyage au-delà de la raison.

48

Tabous

Sauras-tu aller jusqu'au bout
Et briser tous les tabous ?
Sauras-tu être encore plus fou
Me surprendre au-delà de tout ?

Je suis prête à me lancer
Dans une aventure sans lendemain
L'extase qui ne mènera à rien
Juste une pointe de sensualité.

Je suis prête à accepter
Ce jeu que tu proposes
Être celle dont tu disposes
À ta guise, dans la légèreté.

Je suis prête à rentrer
Dans la peau de la femme soumise
Et ensuite à inverser l'ordre établi
Te conduire au cœur du paradis.

Je suis prête à t'aimer
À voler un moment de ta vie exaltée
À profiter sans arrière-pensées
Pourvu que tu me laisses ma liberté.

Et toi, sauras-tu aller jusqu'au bout
M'emmener nulle part et partout ?
Moi qui ose briser tous les tabous
Qui suis capable de tout.

Et toi, sauras-tu faire ce pas
Sauras-tu me comprendre ?
Moi qui suis lasse d'attendre
Je t'en prie, surprends-moi.

49

Tes silences

Ce sont tous tes silences
Silences noirs, silences blancs
Silences de l'homme mal aimé
Qui vivent dans le secret de mes pensées.

J'entends tes frayeurs, tes peurs
Celles qui ont fermé la porte de ton cœur
J'entends tes douleurs, tes souffrances
Et les manques de ton enfance.

Ta voix, ta voix déchirée
D'avoir trop crié, trop supplié
Qui s'élève et s'envole
L'expression de ta douce révolte.

J'entends tous ces mots
Enfermés, emprisonnés
J'entends tous ces mots
Qui réclament leur liberté.

Et moi, j'entends
Oui, j'entends
Et moi, j'attends
Oui, j'attends.

J'attends que tu te découvres
Et un jour, que tu t'ouvres
J'attends dans la confiance
Juste guidée par tes silences.

50

J'ai rêvé

J'ai rêvé d'un monde sans violence
Effaçant toute forme de différence
Un monde enfermant les inégalités
Dans la prison des actes non tolérés.

J'ai rêvé d'un monde sans guerre
Abolissant toute forme de misère
Un monde punissant les dictateurs
Et nous affranchissant de nos peurs.

J'ai rêvé d'un monde de paix
Avec des hommes et des femmes engagés
Dans la défense de leurs idéaux
Et l'abolition de tous les maux.

J'ai rêvé d'un monde de liberté
D'expressions, d'opinions, de pensées
Un monde où règnerait le bien
Gouverné par l'amour du prochain.